Guía de lectura

Escrita por Flore Beaugendre
Traducida por Marta Sánchez Hidalgo

Anna Karenina

de León Tolstói

ResumenExpress.com
GUÍA DE LECTURA
Cincuenta sombras de Grey
por E.L. James

LEÓN TOLSTÓI   1

Escritor ruso

ANNA KARENINA   2

Dos matrimonios… ¿dos parejas ?

RESUMEN   3

ESTUDIO DE LOS PERSONAJES   10

Anna Karenina
Levine
Alexis Karenin
Vronski

CLAVES DE LECTURA   14

El retrato de una sociedad en pleno cambio
El tema del adulterio
La religión y el perdón cristiano

PISTAS PARA LA REFLEXIÓN   20

Algunas preguntas para profundizar en su reflexión…

PARA IR MÁS ALLÁ   22

LEÓN TOLSTÓI

- **Nacido en 1883 en Lasnaïa (Rusia)**
- **Fallecido en 1910 en Astapovo (Rusia)**
- **Obras más importantes:**
  - *Los cosascos* (1863), novela
  - *Anna Karenina* (1877), relato
  - *La muerte de Iván Ilitch* (1886), novela

El conde Lev Nikolaïevitch Tolstói, pseudonminado León Tolstói, nació en 1838 en Lasnaïa, Rusia, y murió en 1910 en Astapovo, Rusia. Considerado como uno de los escritores más importantes de la literatura rusa, su obra ya tuvo en su vida una gran influencia y conoció un vasto éxito ante el público. Sus obras (*Guerra y paz*, 1863-1869, *Anna Karenina*, 1877, *Resurrección*, 1899) y sus numerosos cuentos se caracterizan por la importancia y la riqueza de los análisis psicológicos, así como por su dimensión moral y filosófica, y manifestan la importancia en la búsqueda espiritual que Tolstói lleva toda su vida.

ANNA KARENINA

- **Género:** novela
- **Edición de referencia:** Tolstói, León. 2012. *Anna Karenina*. Madrid: Alianza
- **Primera edición:** 1877
- **Temas principales:** amor, adulterio, Rusia, siglo XIX, política, sociedad, religión.

Anna Karenina es la obra más conocida de Tolstói y está considerada como una obra maestra de la literatura. Publicada primero como novela en fascículos, en 1877 es cuando aparece completa. La novela relata la historia de Anna Karenina, una joven de la alta sociedad que es conducida a la ruina por el amor adúltero que le une al oficial Vronski. A esta intriga se le añade la del personaje de Levine, un rico campesino poco convencional cuya existencia se rige por su amor hacia Kitty.

La novela ofrece una reflexión sobre las clases sociales de Rusia del siglo XIX y sobre la cuestión de la religión. Aunque no se trate de ninguna manera de una obra autobiográfica, no se puede dejar de destacar las similitudes entre el autor y el personaje de Levine, llamado como Tolstói, principalmente por la revelación espiritual del joven al final de la novela.

RESUMEN

PRIMERA PARTE

Dolly ha descubierto la infidelidad de su marido Stiva Oblonski: reina el caos en el seno de la familia. Stiva recibe la visita de Levine que desea contarle su idea de pedirle matrimonio a Kitty Stcherbatski. Stiva le anima, pero le informa de que tiene un rival que es un joven oficial llamado Vronski.

En casa de los Stcherbatski, Levine encuentra a Kitty sola. Le pide matrimonio, pero ella le rechaza pensando en Vronski; sin embargo, está inquieta. Levine está destrozado.

Stiva Oblonski se dirige a la estación de Moscú para recibir a su hermana, Anna Karenina, a la que Vronski conocerá. Se enteran de que un hombre ha sido atropellado por el tren sin saber si se trataba de un suicicio o de un accidente: Anna tiene un mal augurio.

Anna hace que Dolly comprenda que debe perdonar a su marido. Kitty visita a la familia y hace amistad con Anna: le habla de Vronski y del baile venidero. Durante este tiempo, Stiva se reconcilia con su mujer.

En el baile, Kitty se encuentra con Vronski con felicidad, pero se da cuenta, sorprendida, de que su pretendiente la abandona y de que sólo tiene ojos para Anna, que no parece insensible a su encanto.

Durante este tiempo, el desgraciado Levine visita a su hermano Nicolas, enfermo y corrompido, antes de regresar a su casa.

Anna vuelve a San Petersburgo en tren para huir de Vronksi, pero éste le sigue. Anna se reencuentra con su marido, Alexis Karenin, y su hijo Serge con cierta decepción.

SEGUNDA PARTE

Kitty está en un estado de salud preocupante, atormentada por haber rechazado a Levine por el desdeñoso Vronski.

Anna frecuenta con asiduidad el círculo mundano de la princesa Betsy Tverskoï. Allí encuentra regularmente a Vronski que la persigue por amor, a lo que ella le coge gusto. Alertado por los rumores, Alexis, el marido de Anna, decide hacer a su mujer parte de sus inquietudes, pero ésta las trata con desprecio.

Alrededor de un año más tarde, el lector se vuelve a encontrar con Anna y Vronski cuando han consumado su amor.

Durante este tiempo, Levine se distrae de su pena dedicándose a las mejoras de su granja. Se entera de que Kitty está enferma y siente una mezcla de dolor y de satisfacción.

En San Petersburgo, toda la alta sociedad está al corriente de la relación de Vronski. Cuando Anna le cuenta que está embarazada, le presiona para que deje a su marido, pero la joven teme perder a su hijo Serge. Vronski participa en una carrera de caballos a la que asiste la realeza; se cae. Su amante lanza un grito desesperado. Alexis, sorprendido por esta conducta, le pide explicaciones. Anna le revela entonces su relación con Vronski. El marido ofendido le pide guardar las apariencias.

Durante en este tiempo, envían a Kitty a una clínica a Alemania donde conoce a una joven dedicada y caritativa, Varinka, que se vuelve su amiga y modelo. Una vez recuperada, Kitty regresa a Moscú.

TERCERA PARTE

En casa de Levine, Serge Koznychev se sorprendre del modo de vida del hermano de este último. Dolly, que vive en el campo cerca de la hacienda de Levine, le habla del sufrimiento de su hermana Kitty y contempla un futuro entre Levine y ella. Él rechaza estas suposicioens, pero cuando vuelve a ver a la joven, su amor por ella le invade de nuevo.

Durante este tiempo, Alexis rechaza el divorcio para preservar las apariencias. Simplemente le pide a Anna que no vea a su amante en el interior de su casa.

Levine disfruta del trabajo de la granja e intenta imponer innovaciones tecnológicas. Su hermano, Nicolas va a pasar unos días en su casa más enfermo que nunca, lo que conduce a Levine a hacerse preguntas sobre la muerte.

CUARTA PARTE

Una noche, Anna le pide a Vronski que vaya a su casa, infringiendo así la prohibición de su marido. Celosa y muy inquieta, le cuenta un sueño en el que se ha visto morir al dar a luz. Furioso por la desobediencia, Alexis decide pedir el divorcio invocando el adulterio y quedándose con su hijo. En Moscú, se encuentra a Oblonski, al que le revela con frialdad sus intenciones. Éste le invita a una cena donde también convida a Levine y a Kitty. Los dos jóvenes terminan por declararse su amor y se lanzan felices a los preparativos de su boda.

Durante este tiempo, Alexis se entera de que su mujer está moribunda después de haber dado a luz a una niña. Anna le pide perdón. Como creía que estaba condenada, acepta su perdón y el de Vronski, y decide quedarse al lado de su mujer. Vronski, derrumbado, intenta suicidarse. Sin embargo, Anna se recupera y no puede soportar a su marido. Stiva anima a Alexis a conceder el divorcio asumiendo la culpa. Emocionado, acepta. Una vez informado, Vronski va a ver a Anan y reaviva su amor. Deciden irse juntos una vez que Anna haya rechazado la oferta tan generosa de su marido.

QUINTA PARTE

Levine espera con impaciencia su boda. Durante la ceremonia, los jóvenes están inundados por su amor. Van a instalarse en casa de Levine en el campo.

Anna y Vronski se instalan en Italia. El joven se aburre y sufre su ociosidad, a pesar de su encuentro con el compatriota Golénistchev y su antojo por la pintura.

A pesar de su amor, Levine y Kitty descubren las dificultades del matrimonio. Levine recibe una carta anunciándole que su hermano Nicolas se está muriendo. Kitty insite en acompañarle. Allí, la joven consigue aportar un cierto reconfort a Nicolas, mientras que Levine está asustado por la perspectiva de la muerte. Mientras que el enfermo se apaga, Kitty se entera de que está embarazada.

Mientras que Alexis es presa de la soledad y la desesperación, su amiga la condesa Lydie le acoge en su regazo y le intima que se entregue a Dios. Pronto, le convence para que no deje a Anna ver a su hijo cuando ésta ha vuelto a San Petersburgo. El día del cumpleaños de Serge, Anna quebranta lo prohibido. Como está mal vista por su relación adúltera, intenta encontrar de nuevo un lugar en el mundo a pesar de las reticencias de Vronski: sufre un fracaso humillante. Los dos llegan entonces al campo.

SEXTA PARTE

Dolly pasa el verano en casa de Levine, así como Serge Koznychev y Varinka. Estos dos últimos tienen debilidad el uno por el otro, pero Serge renuncia a pedirle a Varinka matrimonio.

Dolly, que se ha enterado de que Anna y Vronski vivían no muy lejos de allí, decide visitarlos. Siente envidia ante el modo de vida libre de su cuñada, pero se da cuenta rápidamente de que su felicidad es frágil. Vronski le pide a Dolly que convenza a Anna para volver a pedir el divorcio para regularizar su situación y la de su hija.

Vronski se ausenta para asistir a unas elecciones agitadas en una provincia lejana. Anna, celosa, se siente frustrada por su aislamiento y acepta pedir el divorcio.

SÉPTIMA PARTE

De vuelta a Moscú por el embarazo de su mujer, Levine burla el tiempo con visitas estériles. Se encuentra con Stiva y Vronski y acaba simpatizando con su antiguo rival. Stiva le propone una visita sorpresa a Anna y Levine cae bajo su encanto, lo que vuelve a Kitty celosa. Por su lado, Anna constata la frialdad creciente en Vronski.

Kitty da a luz a su hijo tras largos dolores que han llevado a Levine a la desesperación. La vista de su progenitora provoca en él una mezcla de piedad y de repulsión.

Stiva planea atribuirse un nuevo cargo y pide el apoyo del poderoso Alexis Karenin. A propósito del divorcio, Alexis consulta a la condesa Lydie y a Landau, un francés «perspicaz» que da consejos en sueños: la respuesta es negativa.

La relación de Anna y Vronski se degenera cuando vuelven a vivir en Moscú: la joven está celosa. Le pide ir al campo, pero estalla una disputa violenta. Una vez que Vronski se ha ido, ella le pide que vuelva y va a buscar al joven a la estación. En el camino, piensa en su amor que se marchita y en su falta de futuro. En las vías, la única solución que encuentra es tirarse bajo un tren pidiendo el perdón de Dios.

OCTAVA PARTE

Dos meses después de la muerte de Anna, la guerra entre búlgaros y turcos está en su apogeo. Serge Koznychev, que va a casa de Levine, se cruza con Vronski en el tren. Es parte de los voluntarios rusos que van al frente, sin nada que le una a la vida.

Levine y Kitty viven en armonía, pero el joven recién casado busca del sentido filosófico de la vida. Después de una conversación con un campesino, tiene una revelación espiritual: Dios es la respuesta a sus preguntas.

ESTUDIO DE LOS PERSONAJES

ANNA KARENINA

Anna Arcadiévna Karenina es el personaje epónimo y central de la novela. Es una joven procedente de la aristocracia, hermana de Stiva Oblonski. Se casó muy joven con Alexis Karenin, por el que no llega a sentir amor. Los Karenin tienen un hijo, Serge. Se le describe como una mujer muy bella, rolliza y morena. Es inteligente, educada y elegante: encarna al principio de la novela el ideal de mujer aristócrata rusa de los años setenta.

Se produce un cambio cuando conoce el amor y sacrifica su posición social y su familia: se vuelve víctima del sistema patriarcal de la época. Es una heroína romántica emblemática: para ella, la pasión es más fuerte que todo y rechaza cargar con el yugo de su marido frío en nombre de las convenciones. Esta actitud hace de ella una pionera feminista: busca una autonomía y libertad en una sociedad dominada por los hombres. Este personaje que cometió adulterio para escapar de la opresión de su posición recuerda a Madame Bovary (de la novela epónima de 1857), escrita por Flaubert varios años antes.

LEVINE

Constantin Dmitriévitch Levine (generalmente nombrado Levine) es el segundo personaje central de la novela. Es un propietario rico rural que vive en medio de su explotación, en el districto ruso de Karazine. Tiene un hermano, Nicolas, y un hermanastro, Serge Koznychev. Con treinta y dos años, se le describe como un hombre vigoroso y atractivo. Con una mentalidad independiente y socialmente torpe, no encaja en ninguno de los rangos de la sociedad rusa: tiene su propio concepto del mundo entre el liberalismo y el conservadurismo. Aunque prefiera la soledad a las noches mundanas, no es egoísta, pero parece muy humano, lo que le hace simpático al lector.

Levine está continuamente buscando darle un sentido a su vida: primero busca respuestas a los problemas del mundo campesino, luego se pregunta sobre el amor por la bonita Kitty Stcherbatski y finalmente se dedica a una auténtica búsqueda espiritual. Levine es un hombre normal que encarna las virtudes simples de la vida. Este personaje roza la concepción del ser humano modelo según el autor.

ALEXIS KARENIN

Alexis Alexandrovitch Karenin es el marido de Anna Karenina. Este hombre de edad madura es un alto funcionario y un hombre ineludible en San Petersburgo. El autor lo describe con un enfoque bastante ridículo: hay muchas descripciones de sus grandes orejas y de su cuerpo macizo. Este retrato ofrece un contraste cómico vista la importancia del personaje en la sociedad rusa de la época.

Es un ser terriblemente convencional y carente de fantasía. Muy culto, disfruta leyendo poesía, pero es incapaz de albergar un pesamiento romántico. Está unido a su mujer, pero no tiene ninguna muestra de ternura, ni mucho más con su hijo Serge. Alexis está completamente entregado a su función ministerial tras la que ha desaparecido su propia personalidad: encarna el estereotipo del burócrata ruso. Su vida entera se rige por su sentido del deber. Así, lejos de dejar curso libre a sus celos cuando se entera de la relación de Anna, se atrinchera tras su honor y las convenciones sociales.

Aunque sea incapable de ser pasional, parece a lo largo de la novela que no se puede desatar de su mujer, que representa un elemento indispensable en el orden de su existencia. Su sumisión a Anna y luego la influencia que la condesa Lydie ejerce sobre él son los signos de su cobardía y de su incapacidad de gestionar sus sentimientos.

VRONSKI

Alexis Kirillovitch, generalmente conocido como el conde Vronski, es un joven que proviene de la nobleza rusa. Una vez oficial, tiene la prestigiosa responsabilidad de ser el edecán del emperador. Todo parece irle bien. Es rico, despreocupado y apreciado y también está dotado de un físico ventajoso: «Moreno, de complexión recia, estatura media, guapo, afable y de aspecto sobremanera firme y tranquilo. En su rostro [...] todo era sencillo a la par que distinguido» (Tolstói 2012, cap. 15). Si al principio se le presenta como el héroe romántico por excelencia por sus cualidades y por su capacidad de sacrificar todo en nombre del amor, el lector descubre poco a poco los defectos del personaje: el autor insiste en su alopecia emergente y en sus errores de juicio. Aunque abandona su carrera y su triunfo social por el amor de Anna, sufre la reprobación pública y no llega a desprenderse de sus convenciones.

Vronski existe en la novela como objeto de deseo fugitivo de Kitty y luego de Anna. No tiene existencia propia como personaje: toda su evolución está condicionada por su relación con Anna. El lector rara vez se surmerge en los pensamientos del joven. Así, Vronski queda un personaje enigmático de intenciones imprecisas.

CLAVES DE LECTURA

EL RETRATO DE UNA SOCIEDAD EN PLENO CAMBIO

Tolstói escribe *Anna Karenina* entre 1873 y 1877 y ancla su relato en los mismos años. La intriga se desarrolla en el transcurso de los años 1870. La novela refleja los grandes cambios occurridos en el mundo ruso en este período, entre los cuales están las reformas emprendidas por Alejandro II (emperador de Rusia, 1818-1881) o el cambio de una sociedad que sale poco a poco de su conservadurismo.

Durante la segunda mitad del siglo XIX, Rusia es testigo de una ola de agitación que aspira a modernizar una estructura social que se ha vuelto arcaica. En 1851, el zar abolió la servidumbre y creó en 1864 consejos locales elegidos por sufragio censitario (únicamente los personajes sujetos al pago del censo tienen el derecho de voto) que pudieran administrar los asuntos de cada provincia: los zemstvos. En Anna Karenina, se hace referencia numerosas veces a estas dos innovaciones todavía vacilantes, en particular a través del personaje de Levine. Éste tiene su propia opinión sobre los zemstvos, a los que considera interesantes, pero inútiles.

Estos cambios vienen acompañados de una evolución de mentalidad: tanto en la realidad como en la novela, la lucha entre conservadores y liberales causa estragos.

Unos apoyan los valores ancianos patriarcales y la aristocracia terrateniente, mientras que los otros preconizan la apertura al Occidente y las nuevas tecnologías. Levine encarna esta variación de ideas: cercano a los valores liberales, intenta aportar la ayuda de las innovaciones tecnológicas a sus agricultores, más tarde ante las dificultades que encuentra, predica la vuelta a las tradiciones. El personaje simboliza de esta forma el conflicto de los valores de la época.

Si los cambios son numerosos en medio del sistema ruso en conjunto, el mundo de la nobleza también es testigo de evoluciones. El autor cuestiona sutilmente las costumbres ancestrales. De esta forma, la princesa Stcherbatski comparte una reflexión sobre la tradición del matrimonio en la alta sociedad: a pesar de que los matrimonios concertados estén en trance de volverse anticuados, ella no puede decidirse a dejar que su hija elija por ella misma a su marido. La novela aborda también el problema feminista al tratar de forma distinta las situaciones conyugales de Dolly y de Anna. A pesar de que la mujer de Oblonski sea infeliz en su matrimio, parece que la única elección que tiene es resignarse si quiere disfrutar de sus derechos. En cuanto a Anna, que escoge la libertad, la solución del adulterio y del libre albedrío la lleva a la ruina. Aunque algunos personajes adelantan la idea de que la unión libre no es un crimen, Tolstói muestra claramente hasta qué punto la sociedad no está preparada para acordar la libertad de las mujeres, aunque algunos progresos tiendan hacia la liberalización de las costumbres. La conversación durante una cena en casa de Stiva plantea el tema del lugar de las mujeres en la sociedad, un problema particularmente delicado en la época y muestra la influencia emergente de Occidente en los debates.

De esta forma, *Anna Karenina* ofrece a su intriga un telón de fondo sociopolítico en adecuación a su tiempo. El autor muestra, sin disponer él mismo una distancia suficiente para aportar una moral a los eventos, la confusión que reina en las mentes de este final del siglo XIX entre las guerras, los cambios sociales y la influencia creciente de Occidente en las costumbres conservadoras. El hombre ruso, encarnado por Levine, se ve obligado a forjar un nueva concepción del mundo.

EL TEMA DEL ADULTERIO

Anna Karenina se conoce principalmente como una novela «de adulterio». Desde mediados del siglo XIX, el género romanesco da prueba de un aumento de interés por el tema. Escritores como Nathaniel Hawthorne (1804-1864) con *La letra escarlata* (1850) o Flaubert (1821-1880) con *Madame Bovary* (1857) hicieron de éste su sujeto predilecto.

El tema principal de la novela de Tolstói es la relación extraconyugal de Anna con Vronski. No hay ni que decir que esta extravagancia no conduce a un final feliz: no podría ser de otra manera en la sociedad rusa de la época. Hay una cierta condena religiosa al pecado del adulterio en la novela, en particular en boca de la devota condesa Lydie o en momentos violentos de culpabilidad de Anna. Sin embargo, la moral cristiana no es tan fuerte como el lector se podría esperar: la condena más importante del adulterio no viene por la Iglesia o por la moral establecida, sino por la sociedad. La principal objeción de Alexis Karenin con la relación de su mujer no es que ella no respete los compromisos sagrados del matrimonio o que ella le cause daño, sino más bien que ella atraiga la deshonra del mundo sobre él: el marido ultrajado le pide únicamente que guarde las apariencias. Este comportamiento cobarde y convencional resulta hoy ridículo.

Si las extravagancias de Anna constituyen una de las intrigas principales de la novela, no se puede dejar de destacar el número de las pequeñas infidelidades que rodean a los distintos personajes. Stiva Oblonski comete las mismas faltas que su hermana y ni se arrepiente ni se angustia. Al contrario, teme la reacción de su mujer sólo porque ella alteraría su bienestar personal. Si todo su entorno está al corriente de las locuras de Stiva, nadie se ofende puesto que parece que este comportamiento es habitual en el ambiente de la alta sociedad: Betsy Tverskoï, la princesa Miagki, todas estas mujeres tienen un amante. Además, Anna no será desterrada del mundo mientras consiga dejar alguna duda sobre la realidad de su infidelidad. Cuando ella tiene el valor de hacerlo público, todos le dan la espalda. De esta manera, la presión social lleva a Anna a la huida y hace que su conducta sea más condenable a ojos de todos, puesto que se niega a seguir con falsas apariencias. Tolstói muestra de esta forma una sátira subyacente de la hipocresía y de la vanidad de las convenciones sociales de su época.

LA RELIGIÓN Y EL PERDÓN CRISTIANO

El tema de la religión, importante desde el punto de vista de Tolstói, ocupa un lugar importante en Anna Karenina. En el siglo XIX, el cristianismo es una parte integrante de los valores del hombre ruso. Encontramos dos visiones diametralmente opuestas en la novela: está la fe sincera y justa, y la fe hipócrita y manipuladora. La primera está representada por varios personajes: Kitty muestra una creencia sincera y sin sombras; Varinka propone una concepción muy noble y práctica de la religión, hecha de caridad y de buenos sentimientos; finalmente, Levine representa la fe ideal. Después de un largo recorrido de dudas y de preguntas, la revelación que se le impone tiene valor de recompensa y de resultado. Estos diferentes protagonistas aportan una visión sana y positiva de la religión, conforme a las creencias del autor.

A estos puntos de vista se les enfrentan los de los personajes cuya fe es simplemente una herramienta para conseguir sus propositos. Madame Stahl, por ejemplo, forma parte de estos seres cuyo análisis profundo revela intenciones poco loables: bajo apariencias buenas y caritativas, a ojos de Kitty parece que su amiga es una aprovechada, vanidosa y poco de acuerdo con los principios que ella misma profesa. La segunda mujer que encarna esta visión negativa de la fe es la condesa Lydie: bajo pretexto del amor de Jesús, cae en una práctica de moda de la religión: la de lo grandioso y místico. Detrás de esta fachada se esconde una mujer mezquina y poco caritativa, cuya atención hacia el débil Alexis Karenin demuestra el deseo de acapararlo. La aparición de Landau, el francés místico, acrecenta la caricatura de esta concepción hipócrita del cristianismo.

Al oponer estas distintas visiones de la fe, Tolstói presenta una sátira virulenta de lo que él considera falsas prácticas religiosas. A esta clasificación bastante definida se añade una crítica de las prácticas oficiales de la Iglesia: la trayectoria de Levine, obligado a fingir una confesión para tener permiso de casarse con Kitty, se trata con un tono humorístico. Tosltoï introduce así la idea de que una religión no debe imponerse y que la fe debe, al contrario, ser sincera: recordemos que estaba abierto a otros sistemas de creencia religiosa en los que contaba buscar la verdad, lo que le valió la excomunión por la Iglesia ortodoxa en 1901.

PISTAS PARA LA REFLEXIÓN

ALGUNAS PREGUNTAS PARA PROFUNDIZAR EN SU REFLEXIÓN...

- Hay dos intrigas principales en Anna Karenina. Indique cómo el autor consigue entrelazar las dos historias paralelas
- ¿Cómo usa Tolstói el recurso del monólogo interior? ¿Qué aporta este recurso a la comprensión de los personajes?
- Analice los fragmentos relacionados con el tren en la novela. ¿De qué manera son simbólicos?
- ¿Cómo explicaría el trato de la relación entre Anna y Vronski por el autor? ¿Cómo muestra que no tiene en absoluto el objetivo de narrar una historia de amor?
- ¿En qué podemos percibir una sátira de la nobleza rusa en la novela?
- ¿Qué visión de Occidente muestra Tolstói a través del viaje de Kitty a Alemania y el de Vronski y Anna en Italia?
- ¿Cómo se vuelve la idea del perdón cristiano un hilo conductor en la novela? ¿Cómo se manifiesta?
- ¿Qué eventos históricos trata el roman en paralelo a su intriga principal?
- ¿Cuáles son las influencias de la literatura occidental que podemos percibir en Anna Karenina?
- ¿Puede afirmar que Anna es un narrador fiable? De esta forma, ¿se demuestra que el amor de Vronski, según ella, se debilita?

¡Su opinión nos interesa!
¡Deje un comentario en la página web de su librería en línea,
y comparta sus favoritos en las redes sociales!

PARA IR MÁS ALLÁ

EDICIONES DE REFERENCIA

- Tolstói, León. 2012. *Anna Karenina*. Madrid: Alianza.

ADAPTACIONES

La novela de Tolstói se ha adaptado a la gran pantalla muchas veces. Entre estas adaptaciones, podemos retener las siguientes, todas próximas al texto original:

- *Anna Karenina*. Dirigida por Julien Duvivier, con Vivien Leigh, Kieron Moore, Nial MacGinnis y Sally Ann Howes. Reino Unido, 1948.
- *Anna Karenina*. Dirigida por Bernard Rose, con Sophie Marceau, Sean Bean, Alfred Molina y Mia Kirshner. Reino Unido: Lefilm, 1997.
- *Anna Karenina*. Dirigida por Joe Wright, con Keira Knightley, Jude Law y Aaron Taylor-Johnson. Reino Unido: Universal Pictures International Spain, 2012.

EN RESUMENEXPRESS.COM

- Guía de lectura de *Guerra y paz* de Léon Tolstói.